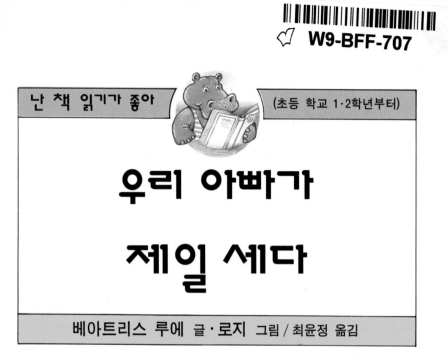

난 책 읽기가 좋아   (초등 학교 1·2학년부터)

우리 아빠가

제일 세다

베아트리스 루에 글·로지 그림 / 최윤정 옮김

비룡소

방학식날에 일어났던 일이다.
제니퍼랑 올리비에랑 나랑은
두말 할 것도 없이 온통
방학 애기만 하고 있었다.
제니퍼는 흥분한 나머지 얼굴이
안경테 색깔처럼 벌겋게 달아올랐다.

5

제니퍼가 말했다.

"우리 아빠는 굉장한 사람이야.

무서워하는 게 하나도 없으시거든.

올해는 우리를 아주 추운 북극에

데려간다고 하셨다!

바다표범이랑 에스키모 인들도
보여 주신댔어. 우리 식구들이 함께
지낼 수 있는 이글루까지
빌려 놓으셨대. 굉장할 거야!"

방 있음

올리비에가 지지 않고 나섰다.

"우리 아빠는 복권에 당첨돼서 아주아주

큰 부자가 될 거다. 그래서 이번 여름에 우리 가족은
큰 여객선을 타고 세계 일주를 할 거다."

올리비에는 이런 말까지 했다.

"로리타, 너도 가고 싶으면
내가 데려가 줄게."

올리비에는 나한테는 언제나 친절하다.
당연하다. 우리 둘이는 사랑하는
사이니까. 하지만 난 이렇게 말했다.

"우리 가족을 따라오는 게 낫지 않겠니?
우리 아빠는 모래밭에서 일광욕하는 건
이제 재미 없으시대.
운동을 해야 된다고 하시면서
낙타를 빌려서 사하라 사막을
횡단하자고 그러셨거든."

깜짝 놀란 올리비에가 말했다.

"어, 로리타, 너, 그거 얼마나 위험한지 알아?
목말라서 죽을 수도 있단 말이야."

"마음 푹 놔. 우리 아빠가 얼마나 센데.
아무리 사막이라도 우린 끄덕없을 거야."
샘쟁이 제니퍼가 잠자코
듣고만 있을 리가 없다.
"우리 아빠가 훨씬 더 세다.
북극이 어떤 곳인지 네가 알기나 해?
보통 사람 같으면 냉동실에 넣어 둔
닭고기처럼 꽁꽁 얼어서 죽을 수도 있어."

"피, 냉동실 같은 데 가서
휴가를 지내는 게 퍽도 재미있겠다!"
내가 비죽거리자, 아니나 다를까
제니퍼가 토라졌다.
"치, 너나 먼저 사하라 사막에
가 봐라. 가다가 목말라서
죽을걸. 그것 참 쌤통이겠다.
너 안 보면 내 속이 시원하겠다!"

"흥, 너나 없어져라!
휴, 다행이다. 이제 방학이니까
적어도 두 달 동안 너 안 봐도 되겠다!"
이래서 우리는 두말 할 것도 없이
또 한 번 절교를 했다.
우리 둘이 싸우니까 올리비에가
곤란해하는 거 같았다.

올리비에는 너무 착해서 싸우는
적이 한 번도 없었다. 제니퍼랑 나랑
화해를 시키려고 올리비에가
제니퍼에게 무슨 말을 하려고 했다.
그렇지만 내가 올리비에의 손을
잡아 끌면서 얼른 이렇게 말했다.
"가자. 저런 애랑 놀지 말자!"

내 참, 방학식날에도
제니퍼와 싸움을 하다니!
방학하자마자 자주
그 생각이 났다. 제니퍼랑
절교를 하고 나니 심심했다.
솔직히 말하면, 학교에 안 가고
집에만 있는 게 벌써부터 심심한 일이었다.
어쩌면 올리비에는, 내가
숙제하느라고 땀을 뻘뻘 흘리고
있는 동안 벌써 여객선을 타고
한가하게 뱃머리에 누워 일광욕을
즐기고 있는지도 모르겠다.

그렇지만 우리 집에서도
휴가 떠날 준비는 하고 있었다.
사진기, 수영복, 선글라스,
밀짚모자, 선크림 들을 챙기다 보니
준비할 것이 너무나 많았다!

마침내 출발 날짜가 다가왔다.
다행히 짐을 자동차에
다 실을 수 있었다.
우리는 신나게 떠났다. 출발!
야호, 드디어 여행이다! 두 시간
동안 달려서 우리는 메니르레벵
(프랑스의 어느 바닷가 마을 이름)에
다다랐다. 솔직히 고백하자면,

사하라 얘기는 거짓말이었다.

사실은, 브레타뉴(프랑스 서쪽 해안

지방)에 있는 바닷가로 왔다.

여기도 모래가 있기는 있다.

글쎄, 사막은 아니지만, 그래도

여기선 목말라 죽을 걱정은 없다.

바닷물도 엄청나게 많이 있고,

비도 많이 오니까!

글쎄, 뭐, 중요한 건 올리비에랑
제니퍼가 이 사실을 모른다는 것이다.
메니르레벵은 그 애들도 자주 가는
곳이다. 우리가 사는 데서
제일 가까운 바닷가이기 때문이다.
내가 아는 사람들 중에는
여기서 휴가를 보내는 사람들이 많다.

그래도 그렇지, 내가 아는 사람이
여기에 그렇게 많이 올 줄은
정말 몰랐다. 해변에 나가자마자,
내가 누구를 만났게?
고무 보트를 타고서 아빠한테 줄을
끌어 달라고 하는 남자 아이는 누굴까?
올리비에였다! 난 걔가 여객선을
타고 있는 줄 알았는데!

"올리비에, 여기서 뭐하니? 이게
네가 말한 여객선이야?" 올리비에는
멋쩍은 얼굴로 나를 쳐다봤다.

"아니, 있잖아, 우리 아빠가
복권에 당첨이 안 되셨거든.
그러니까 부자가 되지도 않았고."
"사실은 나도 거짓말이었어.
우리 아빠는 사막에 있는
모래보다 메니르레벵 모래밭이
더 좋다고 하셔."

나는 올리비에를 만난 게
너무나 반가워서 얼싸안으며
이렇게 말했다.
"알고 보면, 네가 여객선 타고
세계 일주 안 떠난 거나, 내가
낙타 타고 사막 횡단 안 간 거나
잘 된 일이야. 이제 여기서
우리 같이 놀면서 휴가를
보낼 수 있게 됐으니까 말이야.
우리 둘이 놀면 얼마나 재미있을까!"
결국 재미있게 놀기는 했지만
둘이 아니라, 셋이 같이 놀게 되었다!
얼마 안 가서 아이스크림 장수 앞에
누가 서 있는 것을 보았기 때문이다.

아이스크림을 너무나 좋아해서
메니르레벵에서 매일같이 사 먹는 아가씨.
새삼스럽게 말할 필요도 없겠지만, 바로 제니퍼였다

아빠랑 같이 와서 아이스크림을 사 먹고 있었다.
제니퍼 아빠는 우리에게도
'에스키모' 아이스크림을 하나씩 사 주셨다.

제니퍼가 기 죽지 않고 나섰다.

"어때, 북극만큼 시원하지 않아?"

'아휴, 좀 가만 있지 않고 잘난 척
은······.'

나는 신경질이 좀 났지만 참기로 했다.

여기까지 와서 싸웠다간

이로울 게 하나도 없을 테니까.

내가 먼저 놀자고 했다.

"우리, 모래성 쌓기 놀이 하자.

아주아주 크게 쌓아서 파도가 와도

끄떡없고, 안 부서지게

만드는 거야!"

말을 했으면, 곧 실천에 옮겨야 한다.
우리는 모래성을 만들기 시작했다.
얼마 안 만들었는데 아빠들이 오시더니
이렇게 말씀하셨다. "성이라면
우리 전공인데. 너희들, 아빠들 실력이
얼마나 좋은지 어디 한번 볼래?"

아빠들은 우리 삽을 가져가시더니
모래를 듬뿍듬뿍 퍼내고 쌓고, 힘을 합쳐서
뚝딱뚝딱 금방 커다란 모래성을 만드셨다.
꼭 애들같이 재미있어하시면서!
우리는 가만히 서서 구경만 했다.
성이 저렇게 빨리 만들어지다니.

아빠들은 아주 우쭐해하셨다. 아마,
올리비에랑 제니퍼랑 내가 모두 의견의
일치를 본 것은 이 날이 처음이었을 것이다.
"그래, 우리 아빠들 정말 세다!

그래도 그렇지, 우리 삽은
좀 돌려주고 가시면 좋잖아."

난 책읽기가 좋아